Textos: Lorena Marín
Ilustraciones: Marifé González
Revisión: Ana Doblado

© SUSAETA EDICIONES, S.A.
C/ Campezo, 13 - 28022 Madrid
Tel.: 91 3009100 - Fax: 91 3009118
www.susaeta.com
D.L.: M-41007-MMXII

Animales

Granjeros

Lorena Marín

Marifé González

susaeta

A Matías no le gustaba vivir en la ciudad porque él quería ser granjero. Así que un buen día, se compró una furgoneta y, con su mujer y sus dos hijos, se fue a vivir al campo.

Pero, ¡AY, AY, AY!, Matías no sabía cómo funciona una granja...

—¿Vamos a comprar un gallo? —le preguntaron Benjamín y Crispín, sus hijitos.

—¡Por supuesto! —contestó el padre—. No puede haber un corral sin un buen despertador.

Así que se compraron un gallo.

Mucho antes de que saliera el sol, el gallo, que sufría de insomnio y estaba un poco loco, despertaba a todos.

Por la noche, el animal lanzaba su «QUIQUIRIQUÍÍÍ» fuera la hora que fuese.

Tenía a las gallinas aturulladas y a los pavos irritados.

—¡GLU-GLU, GLU-GLU! —se quejaban estos.

—Tenemos un problema —se lamentaba Matías—. ¿Qué puedo hacer? ¡Este gallo debe despertar a todos siempre a la misma hora, por la mañana!

Así que Matías llamó al veterinario.

Como el veterinario del pueblo no le encontró nada raro al gallo, el granjero llamó a su amigo Doctoroso para pedirle consejo.

—La leche de la vaca Florinda se agria debido a los sobresaltos. El toro está tan nervioso que no deja de embestir los árboles frutales y se han caído todas las manzanas —le explicó Matías—. Nadie consigue dormir más de dos horas seguidas. ¡Mis animales van a enfermar!

—*Una infusión de tila bien caliente convertirá al pajarraco en gallo durmiente* —sentenció el buen doctor—. *Para que se la tome sin rechistar, unos granos de maíz con ella habrá que mezclar.*

arece que con este remedio el ave se calmó y los granjeros pudieron seguir con sus faenas.

—¡Vamos a hacer un huerto! —propuso alegremente Matías.

Pero sembrar las hortalizas, cultivarlas, podarlas y tratarlas contra las enfermedades y los insectos no era tan fácil como parecía.

—Benjamín, tú siembra los plantones de perejil al lado de las lechugas y de las alcachofas —le pidió su papá.

Pero, ¡AY, AY, AY! ¡Qué desastre! Estas hortalizas no crecieron ¡porque no se llevan bien si se siembran juntas!

Y cuando Crispín plantó el ajo junto a las coles, ninguna de las dos plantas creció sana y fuerte.

Matías se desesperaba: ¡su huerto tenía un aspecto lamentable!

Menos mal que Pantaleón, el jardinero del pueblo, acudió en su ayuda.

—*Entre col y col, lechuga,* dice el refrán: ¡es importante conocer el oficio!

Tras varios días de pacientes cuidados y sabios consejos, el huerto, por fin, iba teniendo buena pinta: brotaron las semillas y despuntaron las frágiles hojitas de las verduras.

Un día, Benjamín y Crispín decidieron fabricar un espantapájaros.

—Vamos a buscar ropa vieja y un sombrero. Con esta pelota haremos la cabeza y le dibujaremos una cara.

Se lo pasaron en grande; el monigote parecía un vagabundo y daba un poco de miedo.

Pero, ¡AY, AY, AY!, por la noche la granjera, que necesitaba un poco de perejil y cebollino para la ensalada, salió al huerto linterna en mano. Mientras recorría los surcos de tierra en busca de las hierbas aromáticas, se topó con un extraño: era el espantapájaros.

—¡¡AAAH!! ¡SOCORRO! ¡AUXILIO! —gritó Rosa.

La granjera creía que un ladrón se había colado en el huerto. Del susto, le pisó el rabo al gato Misifú, que lanzó un lastimoso ¡MIAUUU! y salió corriendo con todos los pelos erizados.

El jueves era día de mercado en Fuenteseca de los Gansos.

—¡Voy a vender algunos productos de la granja! —comentó Matías entusiasmado.

Toda la familia se montó en la carreta tirada por el caballo Romeo. Llevaban varias gallinas, huevos, dos corderos, el pavo y unas cuantas cestas con frutas maduras y verduras muy frescas.

Pero mientras los granjeros estaban en el mercado, ¡AY, AY, AY!, en la granja el gallo se fue directo al silo donde se guardaba el trigo que había sido recolectado con la segadora y luego trillado. ¡Y con el pico consiguió abrir el pestillo que cerraba la puerta!

os granos se desparramaron, ¡qué desastre! Las gallinas y los polluelos, atraídos por el ruido, llegaron corriendo para picotear tan rico manjar.

También acudieron las palomas, al igual que los pavos y los gansos del corral. Los patos salieron de su charca haciendo ¡CUA, CUA, CUA!

Los cerditos empujaron la puerta de su pocilga para participar en el festín. El caballo, la mula y el burrito se acercaron por allí a curiosear.

Las cabras llegaron dando saltitos y, como alguien se había olvidado de cerrar la jaula de los conejos, también ellos se acercaron a olisquear.

¡Incluso los ratoncitos del desván se dieron un festín!

Cuando los granjeros regresaron del mercado y descubrieron el desastre, se cogieron un tremendo berrinche.

—Llamaré a Buba el elefante —propuso Matías—; como es bombero nos podrá echar una mano.

—¡O mejor, una trompa! —rieron Benjamín y Crispín.

Menos mal que, gracias a su amigo Buba, que acudió con Pantaleón, recogieron el trigo… ¡aunque faltaba una buena cantidad que se habían zampado los animales!

Una tarde, Matías decidió que ya era hora de recoger un poco de miel para las tostadas del desayuno y se dirigió hacia las colmenas.

Pero ¡AY, AY, AY! No se puso ni el traje protector, ni el sombrero con rejilla, ni los guantes de cuero. ¡Es muy importante conocer bien el trabajo del apicultor!

Y una abeja le picó, claro. El olor que el veneno deja en la piel atrajo a las demás para atacar. El pobre Matías tuvo que huir corriendo hasta el estanque de los patos y saltar al agua para resguardarse de la furia de las abejas obreras dispuestas a proteger a su reina.

Mientras su padre chapoteaba en la charca, Benjamín y Crispín decidieron enseñar al burrito de la granja a tirar de la vieja carreta.

—¡Arre, Cometa, arre!

Pero ¡AY, AY, AY! Cometa era muy testarudo. Era la hora de la siesta y no tenía ganas de trabajar. Lo único que quería era espantarse las moscas con el rabo.

Como se pusieron muy pesaditos, el burro les sacudió en la cara con la cola. ¡JI, JAA! ¡JI, JAA!

—¡Nos ha dado un sopapo! —gritaron los hermanos.

Matías se compró un pequeño tractor para hacer las tareas del campo.

—Voy a probarlo; esto es coser y cantar.

El tractor tenía varias manivelas y palancas. Matías no sabía cómo funcionaba y, sin querer, accionó la marcha atrás. ¡La máquina iba directa hacia un gran montón de heno! El granjero intentó parar el motor, pero ¡AY, AY, AY!, ¡se estrelló contra la montaña de paja!

Durante la primavera y el verano, el granjero y su familia aprendieron a cuidar de los animales y del huerto.

No había sido fácil, pero el resultado fue magnífico: los árboles rebosaban de frutas maduras, las gallinas ponían huevos de doble yema, habían nacido varios corderitos y cerditos...

Matías ya sabía cómo sacar miel de los panales sin que le picaran las abejas. La leche cremosa de la vaca Florinda era excelente para elaborar yogur y queso. Incluso Rosa horneaba su propio pan. Y el gallo, que ahora dormía a pata suelta, despertaba a todos temprano para que desayunaran y se pusieran a hacer sus tareas.

os granjeros quisieron despedir el otoño y la buena cosecha con una gran fiesta: colgaron farolillos de los árboles frutales y decoraron las mesas con calabazas de diferentes tamaños y formas.

Invitaron a los habitantes de Fuenteseca de los Gansos. Todos los animales de la granja miraban con curiosidad los preparativos y, como la alegría y la diversión son contagiosas, ellos también se unieron a la fiesta. Pero, ¡AY, AY, AY!

A la cabra Pepita le encantaron las alcachofas que la granjera había dispuesto sobre las mesas.

Cometa, el burrito, creyó que el estampado de los manteles eran zanahorias de verdad e intentó comérselas.

La familia de cerdos olió el delicioso pastel de carne y empujó a los invitados de sus sillas para hacerse sitio alrededor de la mesa.

El caballo Romeo y la vaca Florinda les dieron grandes lametazos a los pasteles de merengue.

Y para colmo, al gallo le dio por perseguir a Pepo Parmesano, el famoso cocinero, que corría para escapar de los picotazos del ave.

Y cada vez que conseguía picotearle el trasero, el gallo lanzaba encantado su famoso ¡QUIQUIRIQUÍÍÍÍ!

Benjamín y Crispín se lo pasaron en grande:

—¡Qué divertido es ser granjero! Nosotros de mayores también lo seremos.